29 avril 1893

VENTE DU SAMEDI 29 AVRIL 1893

HOTEL DROUOT, SALLE N° 6

ÉTOFFES ANCIENNES

PROVENANT EN PARTIE

De la Collection d'un Amateur Artiste-Peintre

TAPISSERIES

DU XVIIIᵉ SIÈCLE

TAPIS D'ORIENT

EXPOSITION PUBLIQUE

LE VENDREDI 28 AVRIL 1893

COMMISSAIRE-PRISEUR	EXPERT
Mᵉ Paul CHEVALLIER	**M. Charles MANNHEIM**
10, rue de la Grange-Batelière, 10	7, rue Saint-Georges, 7

CATALOGUE

DES

ÉTOFFES ANCIENNES

PROVENANT EN PARTIE

DE LA COLLECTION D'UN AMATEUR ARTISTE-PEINTRE

TAPISSERIES

DU XVIIIe SIÈCLE

TAPIS D'ORIENT

ET DONT LA VENTE AURA LIEU

HOTEL DROUOT, SALLE N° 6

Le Samedi 29 Avril 1893, à 2 heures

COMMISSAIRE-PRISEUR	EXPERT
Me PAUL CHEVALLIER	**M. CH. MANNHEIM**
10, rue de la Grange-Batelière, 10	7, rue Saint-Georges, 7

EXPOSITION PUBLIQUE

Le Vendredi 28 Avril 1893, de 1 heure 1/2 à 5 heures 1/2

CONDITIONS DE LA VENTE

La vente sera faite expressément au comptant.

Les Acquéreurs paieront en sus des adjudications *cinq pour cent.*

L'Exposition mettant le public à même de se rendre compte de l'état des objets, il ne sera admis aucune réclamation une fois l'adjudication prononcée.

Paris. — Imp. de l'Art, E. Ménard et Cⁱᵉ, 41, rue de la Victoire.

DÉSIGNATION DES OBJETS

ÉTOFFES

1 — Tapis formé de morceaux de satin bleu pâle brodé à fleurs au point de chaînette. XVIII° siècle.

2 — Chape en velours ciselé à motifs réguliers violet sur fond jaune avec chaperon de brocart à fond violet.

3 — Deux chasubles : l'une en ancien velours ciselé à fleurettes violettes sur fond crème avec orfroi de brocatelle, l'autre en velours Renaissance à palmettes rouges sur fond jaune avec orfroi brodé à saints personnages.

4 — Deux pièces : dalmatique et chasuble en ancien velours rouge ciselé à feuillages.

5 — Chasuble en ancien velours vert ciselé à feuillages, entrelacs et couronnes.

6 — Deux chasubles : l'une en velours vert, l'autre en soie brochée bleu et jaune à feuillages avec orfroi de velours.

7 — Chasuble en soie rouge armurée avec orfroi de velours jaune ciselé.

8 — Dalmatique en velours rouge avec orfrois et
carrés de brocart Renaissance à ramages sur
fond lamé argent doré.

9 — Chasuble en ancien satin blanc avec applications de velours et broderies à fleurs et entrelacs.

10 — Chape en ancien velours ciselé à ramages
jaunes sur fond blanc.

11 — Longue bande formée de morceaux de velours
à grands ramages violets sur fond blanc.

12 — Deux pièces : bande formée de morceaux de
velours vert ciselé et fragment de velours Renaissance à palmettes rouges sur fond jaune.

13 — Deux pièces : petit tapis de velours rouge et
fragment de velours violet Renaissance, ciselé à
ramages jaunes.

14 — Quatre carrés de velours Renaissance à larges
palmettes lamées argent doré.

15 — Trois pièces : tapis formé de morceaux de velours violet, fragment de velours violet et fragment de velours rouge ciselé à fond jaune.
Louis XIV.

16 — Trois fragments de velours vert ciselé à ramages
Louis XIV.

17 — Chape en ancien lampas à ramages jaunes

lamés de métal sur fond violet ; bordures de galons et franges.

18 — Chasuble formée de morceaux de brocart Louis XIV, à vases de fleurs sur fond lamé argent doré.

19 — Chasuble en brocatelle Renaissance, à dessin régulier jaune sur fond gris lamé argent.

20 — Chasuble Renaissance en soie brochée à ramages vieux rose sur fond jaune.

21 — Chasuble formée de morceaux de brocart Renaissance, à feuillages sur fond argent doré.

22 — Deux chasubles : l'une en ancienne soie verte brochée à fleurettes, l'autre en ancienne soie à fleurons brochés jaune sur fond verdâtre lamé de métal.

23 — Deux tapis formés de morceaux de brocart Louis XIV, à grands ramages blancs sur fond de satin bleu clair.

24 — Tapis de table en brocart à dessin régulier lamé de métal sur fond rose.

25 — Robe de Vierge en ancienne brocatelle à fond rouge et bandes de brocart.

26 — Deux petits tapis formés de morceaux : l'un de vieux brocart à ramages argent sur fond rose,

l'autre d'ancien satin bleu broché à fleurettes avec application de dentelle argent.

27 — Trois pièces : bandeau composé de morceaux de soie verte chevronnée, et deux larges bandes formées de morceaux de brocatelle à ramages blancs sur fond jaune.

28 — Deux bandeaux formés de morceaux d'ancien brocart à grands ramages sur fond lamé argent doré.

29 — Robe de Vierge formée de morceaux d'ancien brocart à décor de feuillages.

30 — Onze morceaux : broderie de soie au passé à décor d'oiseaux et de fleurs. XVIIe siècle.

31 — Tapis carré à fleurs et insectes sur fond marron avec réserve à fond blanc ; aux angles on lit les mots : *Hic. Domvs* et les lettres *M. B. D.*

32 — Deux bandes : l'une en velours rouge décorée de rinceaux et cornes d'abondance en broderie métallique et applications, l'autre en velours violet à rosaces brodées de métal. XVIe siècle.

33 — Bandeau en satin brodé à larges fleurs et rinceaux en soie de couleur et argent. XVIIe siècle.

34 — Tapis en soie rose avec bordures de broderie et application.

35 — Écusson en broderie et application sur fond de
damas rouge aux armes d'Espagne. XVIIᵉ siècle.

36 — Encadrement en satin rose avec application en
broderie à haut-relief en argent et soie à ramages,
têtes de chérubins, grappes de raisin, etc.
XVIIᵉ siècle.

37 — Dix morceaux variés de velours ciselé à ramages violets sur fond de satin jaune.

38 — Huit morceaux pour sièges en velours ciselé
Louis XIV à ramages verts sur fond jaune.

39 — Panneau composé d'anciens carrés et bandes
de brocatelle, velours rouge et damas vert.

40 — Deux lambrequins : l'un en velours à ramages
verts sur fond crème, l'autre en velours rouge
avec galons métalliques appliqués; bordures de
franges.

41 — Trois panneaux d'ancien velours à ramages
verts sur fond jaune.

42 — Tapis formé de morceaux de satin Louis XIV,
broché à fleurs sur fond jaune avec bordure de
velours vert et applications.

43 — Panneau d'ancien damas rouge à palmettes,
couronnes et entrelacs.

44 — Bande de satin jaune Louis XVI, broché à
palmes et oiseaux.

45 — Trois pièces : panneau et deux portières en
velours bleu orné de rinceaux et vases de fleurs
en applications. XVIIe siècle.

46 — Bande en satins violet et bleu ornée de rinceaux et écussons, avec agneau pascal et application. XVIIe siècle.

47 — Large bandeau composé de morceaux de brocatelle à ramages rouges sur fond jaune.

48 — Habit en soie vieux rose brodé à palmes et
fruits en soie de couleur. XVIIIe siècle.

49 — Chasuble en damas rouge lamé argent doré,
avec orfroi en brocatelle à figures du XVIe siècle.

50 — Panneau en satin rouge avec applications,
décor de rinceaux. XVIe siècle.

51 — Deux petits tapis carrés : l'un en velours vert,
l'autre en velours rouge, avec application, rinceaux fleuris.

52 — Couvre-lit en satin vert.

53 — Chasuble en damas rouge lamé argent doré à
palmettes. XVIe siècle.

54 — Deux petits tapis : l'un en velours rouge oriental ciselé et lamé de métal à rosaces, l'autre en velours rougeâtre.

55 — Cinq pièces : habit Louis XVI en velours noir ciselé, haut-de-chausses, ceinturon et escarcelle en velours noir de style Renaissance, et mantelet de dame.

56 — Deux panneaux en damas jaune à grands ramages.

57 — Lot de morceaux de satin vert.

58 — Longue bande d'ancienne soie brochée à fleurettes sur fond gris bleuté.

59 — Trois bandes d'ancienne brocatelle à ramages rouges sur fond jaune.

60 — Deux petits panneaux formés de morceaux, l'un d'ancien velours vert ciselé à grenades et rinceaux, l'autre de velours rouge ciselé à entrelacs.

61 — Dalmatique d'ancien velours ciselé à fond jaune, décor de fleurons et palmettes.

62 — Tapis de velours rouge brodé d'argent doré à rosace et rinceaux : bordure de franges.

63 — Trois pièces : deux dalmatiques et nappe

d'autel en satin blanc brodé à fleurs du
XVIIe siècle.

64 — Deux pièces : chasuble et voile de calice en
satin blanc brodé argent doré et soie de couleur
à fleurs. XVIIe siècle.

65 — Deux grands panneaux d'ancien lampas à
vases de fleurs et mascarons blancs sur fond
rouge.

66 — Douze sièges en velours vert.

67 — Deux pièces : panneau d'ancienne soie bleue
brochée à fleurs en couleur et métal et petit tapis
de soie bleu clair brodée à rinceaux fleuris et
animaux du XVIIe siècle.

68 — Deux chasubles en soie bleue brochée, l'une
avec orfroi de velours.

69 — Trois pièces : chasuble, étole et manipule en
soie brochée à fond orangé.

70 à 72 — Douze bandes et embrasses en guipures
variées.

73 — Vingt et un dessous de lampes et petits carrés
en étoffes variées.

74 — Six pièces : quatre fragments, satin vert brodé
de métal, et deux bandes d'ancien velours vert
ciselé à fond vieux rose.

75 — Deux pièces : petit tapis en soie chinée et petit panneau, velours jaune avec applications dans un encadrement de velours rouge ciselé à palmettes vertes.

76 — Six pièces : quatre morceaux de velours rayé violet et deux fragments de soie blanche brodée à fleurs en argent doré et soies de couleur.

77 — Lot de galons et écrans à main

PARAVENTS ET MEUBLES

78 — Paravent à trois feuilles : chacune d'elles contient un panneau de soie crème rayée à décor de vases de fleurs en broderie de soies de couleur avec paillettes du temps de Louis XVI.

79 — Paravent à quatre feuilles d'ancien damas ponceau à ramages lamés de métal, bordure de franges à grilles.

80 — Paravent à quatre feuilles d'ancien satin crème à décor de fleurons brodés argent doré et soies de couleurs, avec franges à grilles et petit lambrequin analogue.

81 — Paravent à quatre feuilles d'ancien velours

ciselé oriental lamé argent à décor de palmettes
et rosaces rouges relevées de vert ; bordure de
franges à grilles.

82 — Petit paravent à trois feuilles d'ancienne soie
crème brodée à oiseaux, rinceaux fleuris et per·
sonnages.

83 — Paravent à deux feuilles d'ancien satin crème
brodé d'argent doré et soie de couleur à fleurs
et rinceaux.

84 — Autre analogue.

85 — Paravent à deux feuilles : l'une d'elles conte-
nant un orfroi du XVIe siècle en broderie et application sur fond de velours rouge à personnages.

86 — Autre analogue.

87 — Écran : feuille en satin rouge du XVIIe siècle,
brodé argent doré et argent avec paillettes à fleurons et rosace centrale ; bordure de franges à
grilles.

88 — Petite table recouverte de velours rouge et
galon métallique avec tablette d'entrejambes.

89 — Autre : dessus formé d'un plateau en laque du
Japon à paysage sur fond aventuriné.

90 — Deux vide-poches en étoffe.

91 — Tabouret doré, dessus en laque du Japon à décor de réserves dorées sur fond aventuriné.

92 — Deux tablettes de cheminées couvertes en étoffe.

93-94 — Cinq tabourets couverts en ancienne tapisserie.

95-96 — Quatre autres, couverts en velours.

97 à 100 — Dix-sept coussins variés couverts en velours, guipure, soie brochée, broderie, etc.

101 — Grande boite recouverte de satin broché à fond jaune avec broderie de perles.

TAPIS

102 — Grand tapis à décor de chevrons jaunes, noirs et rouges, de fleurs et de rinceaux avec bordure à fond noir. Ancien travail persan.

Long., 5 m. 80 cent.; larg., 3 m. 25 cent.

103 — Portière formée d'un ancien tapis de soie persan à décor de rinceaux fleuris sur fond noir avec bordure de fleurs sur fond rouge.

Haut., 3 m. 90 cent.; larg., 5 m. 25 cent.

104 — Grand tapis de Smyrne.

3 m. 50 cent., sur 4 m. 50 cent.

TAPISSERIES

105-106 — Deux tapisseries du xviiie siècle, représentant l'une des sujets champêtres, chasseurs au repos, enfants jouant au cerf-volant, paysans sur fond de verdure avec cours d'eau et habitation ; l'autre, divers jeux, celui de l'escarpolette, etc. ; ces deux tapisseries présentent une bordure d'oves enguirlandés avec fleurs aux angles.

Haut.. 2 m. 30 cent. et 2 m. 20 cent.
Larg., 3 m. et 4 m. 40 cent.

107 — Tapisserie du xviiie siècle, à sujet champêtre à deux personnages sur fond de verdure.

Haut., 2 m. 25 cent.
Larg., 1 m. 70 cent.

108 — Encadrement formé de deux montants en tapisserie du xviiie siècle, chasseur, paysanne et enfant, et chasseur endormi.

Haut., 2 m. 30 cent.

109 à 114 — Six grandes tapisseries de Flandre, à sujets ayant trait à l'amour. A droite et à gauche de chacun des sujets, colonne torse enveloppée

d'un feston de fleurs et à chapiteau composite.
Dans le haut règne une corniche à laquelle se
rattachent des festons de fleurs avec écusson au
centre.

Haut., 3 m. 35 cent.
Larg., 3 m. 60 cent.; 5 m. 5 cent.; 3 m. 15 cent.;
3 m. 62 cent.; 4 m. 40 cent.; 5 m. 75 cent.

115 — Tapisserie-verdure du XVIIIᵉ siècle, bordure
de fleurs.

Haut., 3 mètres.
Larg. 1 m. 80 cent.

RED. :

16

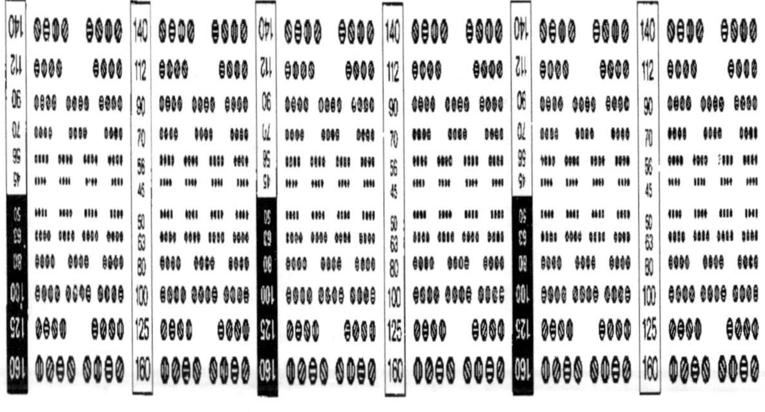

MIRE ISO N° 1
NF Z 43-007
AFNOR
Cedex 7 - 92080 PARIS-LA-DÉFENSE
graphicom
379.89.70

0 1 2 3 4 5 6 7 8 9 10

BIBLIOTHEQUE NATIONALE DE FRANCE

****

CHATEAU DE SABLE

1996